在名著中学习科学，用科学去解读名著！这套《当名著遇见科学》将名著、童话、科学、艺术、人文结合起来，是一套能吸引孩子全神贯注阅读的不可多得的好书。

——哈尔滨工业大学（威海）计算机学院教授　王凯

从名著中汲取养分，是所有人的期待，又是需要训练才能掌握的能力。《当名著遇见科学》找准切入点，用精美图画陪伴孩子走进名著，用现代课程引领孩子开心成长，帮孩子亲自动手深化阅读效果，一本名著一举多得，孩子将得到更多滋养。

——著名儿童文学作家、教育学者、《少年元宇宙》作者　童喜喜

艺术和文学对人灵性和心智发展的促进作用是巨大的，科学是一种理解世界的方法，但不是唯一的方法。

——中央美术学院雕塑系教师、艺术家　耿雪

用小朋友们耳熟能详、津津乐道的文学名著做载体来引领他们进入科学的殿堂，这个脑洞开得好！读到这套书的小朋友很幸运，从小就插上文学和科学的翅膀，定会越飞越高！

——北京市名校资深教师　唐德军

秘密花园
The Secret Garden

这本书真是名著与科学的完美组合！从书名就能看出这是在指导孩子们如何用创新的思维来解读知识，再看内容，更是图文并茂、板块安排精妙、文字科学严谨又通俗易懂。这不仅是送给孩子们最好的精神食粮，家长们看了也受益匪浅、啧啧称赞。

——北京市骨干班主任 朱莉

《当名著遇见科学》这本书是诗意文字与科学真谛的完美结合，在名著中引导儿童学习科学知识，培养科学思维，在名著中探索科学奥秘，培养儿童的文学和科学文化素养。

——湖南省株洲市茶陵县信息科学资深教师 龙亚妮

秘密花园里藏着什么秘密呢？环游地球最少需要多少天？我要去了奥兹国，会让奥兹帮我实现什么愿望呢？爱丽丝漫游途中到底遇到了多少动物……带着各种奇思妙想，我开启了《当名著遇见科学》的阅读。引人入胜的故事、简单易操作的实验、生动有趣的知识、丰富精美的插图，都让我爱不释手。

——北京市大成学校四年级四班 卓睿

秘密花园
The Secret Garden

当名著遇见科学

上篇

秘密花园

[美] 弗朗西丝·霍奇森·伯内特 著
[英] 凯蒂·迪克尔 改编
王晋 译

电子工业出版社
Publishing House of Electronics Industry
北京·BEIJING

Published in 2022 by Welbeck Children's Books
An imprint of Welbeck Children's Limited, part of Welbeck Publishing Group
Based in London and Sydney
www.welbeckpublishing.com

Text, Illustration & Design © Welbeck Children's Limited, part of Welbeck Publishing Group.

本书中文简体版专有出版权授予电子工业出版社。未经许可，不得以任何方式复制或抄袭本书的任何部分。
版权贸易合同登记号　图字：01-2022-7104

图书在版编目（CIP）数据

秘密花园：上下篇 /（美）弗朗西丝·霍奇森·伯内特著；（英）凯蒂·迪克尔改编；王晋译．—北京：电子工业出版社，2023.5
（当名著遇见科学）
书名原文：STEAM TALES
ISBN 978-7-121-44975-8

Ⅰ．①秘… Ⅱ．①弗… ②凯… ③王… Ⅲ．①儿童小说－长篇小说－美国－现代 Ⅳ．①I712.84

中国国家版本馆 CIP 数据核字（2023）第 040469 号

审图号：GS 京（2022）1401 号
本书插图系原文插图。

"企鹅"及其相关标识是企鹅兰登已经注册或尚未注册的商标 。
未经允许，不得擅用。
封底凡无企鹅防伪标识者均属未经授权之非法版本。

责任编辑：郭景瑶
文字编辑：刘　晓
印　　刷：北京利丰雅高长城印刷有限公司
装　　订：北京利丰雅高长城印刷有限公司
出版发行：电子工业出版社
　　　　　北京市海淀区万寿路 173 信箱　邮编：100036
开　　本：787×980　1/16　印张：41　字数：524.8 千字
版　　次：2023 年 5 月第 1 版
印　　次：2023 年 5 月第 1 次印刷
定　　价：239.00 元（全 8 册）

凡所购买电子工业出版社图书有缺损问题，请向购买书店调换。若书店售缺，请与本社发行部联系，联系及邮购电话：(010) 88254888，88258888。
质量投诉请发邮件至 zlts@phei.com.cn，盗版侵权举报请发邮件至 dbqq@phei.com.cn。
本书咨询联系方式：(010) 88254210，influence@phei.com.cn，微信号：yingxianglibook。

目 录
contents

第一章
新家

- 🔍 英国对印度的殖民统治 / 008
- 🔍 马车 / 013
- 📘 用纸糊一个地球仪 / 016
- 📘 制作马车 / 018

第二章
走廊里的哭声

- 🔍 鸟鸣 / 023
- 🔍 攀缘植物 / 025
- 📘 制作鸟哨 / 030
- 📘 制作常春藤幕布 / 032

第三章
花园的钥匙

- 🔍 雾 / 037
- 🔍 球茎 / 041
- 📘 制作密码锁 / 044
- 📘 种子发芽 / 046

第四章
迪康

- 🔍 乐器 / 050
- 🔍 植物生长需要什么？/ 054
- 📘 制作排箫 / 060
- 📘 对比不同种类的土壤 / 062

第五章
科林少爷

- 🔍 滑轮 / 069
- 🔍 印度王公 / 075
- 📘 制作四柱床 / 076
- 📘 制作拉绳式窗帘 / 078

第一章 新　　家

人人都说玛丽·伦诺克斯是一个看起来不讨人喜欢的孩子。她小脸瘦瘦的，还总是一副闷闷不乐的表情。玛丽出生在印度，父亲在英国政府机构当差，母亲是个大美人，但他们对养育孩子毫无兴趣。玛丽整日和奶妈生活在一起，尽可能不出现在父母的眼皮底下。她的母亲不喜欢听到孩子的哭声，所以不管玛丽有什么要求，仆人们总是言听计从。就这样，玛丽长成了一个自私自利的孩子，这一点儿也不奇怪。

在玛丽大约九岁的时候，有一天，她被一个陌生的女仆叫醒。"奶妈哪儿去了？"她说，"把她给我找来！"女仆看起来很害怕，解释说，奶妈来不了。

那天早上，一切都很奇怪。有几个仆人不见了，其他人都灰头土脸地来去匆匆。没有人照看玛丽，于是她自己溜达着去花园玩。她看到母亲和一位年轻的军官来到了游廊上，他们在低声交谈。玛丽注意到，母亲的眼中充满了恐惧。

"真有这么严重吗？"玛丽听到母亲说。

"糟糕透了，伦诺克斯夫人，您几周前就应该搬去山上。"军官说道。

就在这时，从仆人的住处传来一声巨大的哀号，玛丽不禁打

知识园地

英国对印度的殖民统治

16世纪，英国加入了争夺海外领土的行列。新的土地为英国带来了投资和就业机会，还提供了丰富的贵重物品，如金属、糖和香料。在20世纪20年代的鼎盛时期，英国统治了地球上大约四分之一的陆地，包括北美洲、大洋洲、亚洲和非洲的大片地区，以及中美洲和南美洲的小部分地区。

1858年，印度部分地区处于英国的统治之下，这部分地区有时也被称为"英属印度"。印度是茶叶、棉花、靛蓝染料和香料的重要来源地。印度士兵还组成了一支庞大的常备军（在两次世界大战期间为英国效力）。印度于1947年获得独立，继而分为印度和巴基斯坦两个国家。1971年，孟加拉国从巴基斯坦独立出来。

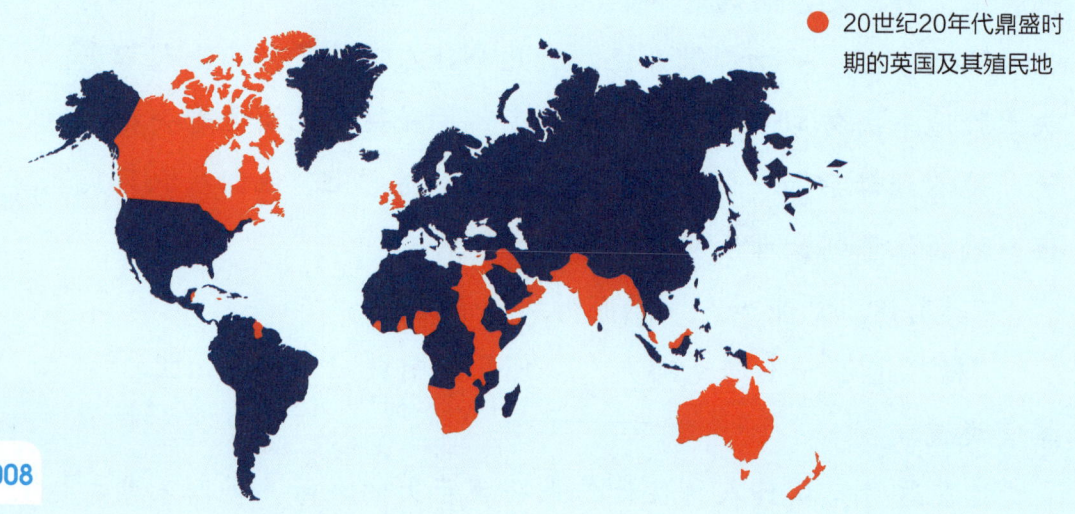

● 20世纪20年代鼎盛时期的英国及其殖民地

了个寒战。"仆人中肯定也传染开了。"那位军官说。说着，两人跑进了那间屋子。

玛丽终于弄明白了，原来是霍乱暴发了，人们纷纷死去。玛丽的奶妈已经不在了，此外还有三个仆人也遭遇了同样的命运。其他仆人都吓得逃走了。在混乱中，玛丽躲在育儿房里哭着哭着睡着了。她睡得很沉，没有被周围人的哀号和逃亡所打扰。

玛丽醒来的时候，房子里一点声音都没有。她躺在床上，等着人来服侍，但房子里愈发安静了。霍乱来临时，人们似乎只想着自己。也许等他们好了，就会有人来找她。

没过多久，玛丽听到了脚步声和低沉的说话声。"真是一片荒凉！"一个声音说，"那个大美人不在了，我想那孩子也免不了。"

那人推开了育儿房的门，发现玛丽站在屋子中间。他吓了一跳，"巴尼，这儿有个孩子！孤零零的一个孩子！她是谁？"

"我是玛丽·伦诺克斯，我睡着了。为什么一直没人来找我？"

"可怜的孩子！"那个叫巴尼的年轻人说，"一个人都不剩了，没有人能来。"

玛丽在这种奇怪而突然的情况下得知，自己的父母都死了，而幸存下来的仆人也逃走了。

一开始，玛丽被送到一位英国牧师的家中，但她讨厌那里，并且她也很不讨别人的喜欢，牧师家的孩子都不愿意和她玩。所以，她被再次送走也不是什么稀奇的事——她要被送到姑父阿奇博尔德·克雷文先生那里。克雷文先生住在米塞斯维特庄园，这座宅子位于英国乡下，古老而荒凉。"他驼着背，可吓人了！"牧师家的一个孩子告诉她。

玛丽在一位军官妻子的陪同下，漂洋过海来到了伦敦。米塞斯维特庄园的管家梅德洛克夫人前来接她。梅德洛克夫人身材粗壮，脸颊泛红，目光犀利。玛丽一点儿也不喜欢她，梅德洛克夫人显然也不怎么喜欢玛丽。

玛丽和梅德洛克夫人乘坐火车前往约克郡。旅途中，玛丽坐在车厢的角落里。黑裙子衬得她脸色更黄了，柔软纤细的头发从黑纱帽底下散落出来。

"我想你应该稍微了解一下。"梅德洛克夫人不情愿地说，"那座宅子有六百年的历史了，建在荒原的边上。里面差不多有一百间屋子，但大多数上了锁。宅子周围有一大片林子，还

远航

玛丽离开了她熟悉的家，跋涉了几千千米，从印度来到了英国。

你能不能用纸糊一个地球仪来表示玛丽走了多远？把书翻到第18页，看看具体怎么做吧。

有几处花园。别的啥都没有。"梅德洛克夫人突然打住了话。

玛丽尽量不让自己表现出感兴趣的样子。

"为什么会让你来米塞斯维特庄园,我不知道。他不会费心思管你的,这一点是可以肯定的。他从来不为任何人麻烦自己。他是个驼背的人,这可把他给害了。他一直是个脾气暴躁的年轻人,直到结婚以后才有所改变。"

尽管玛丽想要表现得漠不关心,但眼睛还是不由自主地看向梅德洛克夫人。她没想到驼背的人也会结婚,不由得感到有些意外。

"新娘长得十分漂亮,为人善良。只要是她想要的东西,他情愿走遍千山万水为她寻来。没有人以为她会嫁给他,但她确实嫁了。有人说她嫁给他是为了钱,但不是这样的。她去世以后,他变得比以往更加古怪了。大多数时候,他都不在庄园里;在的时候,也会把自己关在西边的房间里。"

玛丽突然很为克雷文先生感到难过。这听起来像是书里的故事——一个驼背的人把自己关了起来!可这样想并没有让她愉快一些。她盯着窗外,紧紧地抿着嘴唇,窗外的雨水从玻璃上倾泻下来。

"你不要指望能见到他,"梅德洛克夫人接着说,"也别指望有人和你聊天。你必须自己玩。会有人告诉你哪些房间可以进。园子倒是有不少。但是,进了宅子不要到处乱逛、随便乱碰。克雷文先生是不会容忍的。"

"我可不想随便乱碰。"玛丽说。她不再为克雷文先生感到难过,反而觉得这一切都是他活该。

雨水拍打着窗户,玛丽觉得眼皮越来越沉,很快便进入了梦乡。她醒来的时候,天已经黑了。梅德洛克夫人正在摇醒她。"我们到斯威特站了!前面还有很长一段路要赶呢。"

她们下了火车,坐上了一辆漂亮的马车。玛丽对周围的一切充满了好奇。没过多久,马车的速度慢了下来,周围似乎也看不到树和篱笆了。

窗子的两边一片漆黑,玛丽什么都看不到。

马车爬上一段斜坡后,她才终于看到了亮光。"那是门房的窗户。"梅德洛克夫人解释说,"我们很快就能喝上热茶了。"最后,马车在一栋气派的大宅子前停了下来。除楼上一扇窗户映出昏暗的光外,房子里一片漆黑。

马车之旅

玛丽和梅德洛克夫人的最后一段旅程坐的是马车。

你能不能做一辆马车?把书翻到第20页,看看怎么做吧。

知识园地

马车

在汽车实现大规模生产且人们负担得起之前，马车是最常见的交通工具。

轮轴被发明出来以后，运输变得更加容易了。起初，双轮马车因力量和速度而受到人们的青睐。这种马车尤其受到古埃及人的欢迎，他们将其用作战车。

后来，人们开始使用四轮马车运输更重的货物。最快的马车是"驿站马车"，由多匹马拉动。在长途运输中，疲惫的马会在驿站被替换为精力充沛的马，从而使马车保持最快的速度。

轴
轮

有篷四轮马车

巨大的前门用橡木制成，通往大厅。大厅里光线很暗，玛丽不想看墙上的那些肖像画和立着的甲胄。

"你把她领到她的房间去吧。"一位老人用沙哑的声音说，"他不想见她。明天一早他就要去伦敦了。"

"好的，皮彻先生。"梅德洛克夫人领着玛丽走上宽阔的楼梯，穿过一连串走廊和台阶，来到一个生着火炉的房间。桌上已经摆好了晚餐。"到了！这间房和隔壁那间房归你住，你只能老老实实待在这儿！"

第二天早上玛丽醒来的时候，一个年轻的女仆在生火，她正把炉子里的煤渣扒出来。玛丽看了她好一会儿。

"那是什么？"玛丽指着窗外的一大片荒地问道。

年轻的女仆玛莎回答说，那是荒原。她还说玛丽会习惯它现在光秃秃的样子的，等春天荆豆、金雀和石楠开花的时候，玛丽还会喜欢上它。她说："不管拿什么换，我都不愿意离开荒原。"

玛莎是一个圆滚滚、红扑扑、心地善良的女孩。她流露出一种坚决的态度，与玛丽在印度看到的那些仆人完全不同。玛莎是梅德洛克夫人的仆人，是被派来帮忙的。"你不需要太多照顾。"她说。玛莎找到了克雷文先生在伦敦给玛丽买的衣服。她拿出一件外套、一顶帽子和一双结实的靴子，这样玛丽就可以去外面玩了。

"你只要顺着那条路绕过去，就能到达花园。"她指着嵌在灌木丛中的一扇门说道。她似乎犹豫了一下，然后补充说："有一个花园是锁着的，十年来从没有人进去过。"

"为什么呀？"玛丽问道。这栋宅子里已经有一百扇锁着的门了，现在又多了一扇。

"克雷文先生在妻子突然去世后，就把花园锁了起来。他不允许任何人进去。那是他太太的花园。他锁上门，挖了个坑，把钥匙埋了起来。哦，梅德洛克夫人摇铃了，我得赶紧过去！"

动手做一做

用纸糊一个地球仪

玛丽为了去姑父家,历经7600多千米从印度到了英国。动手做一个地球仪,看看她的旅程吧。

准备材料

- 气球
- 两个碗(一大一小)
- 木勺
- 面粉
- 一杯水
- 报纸
- 剪刀和绳子
- 记号笔
- 颜料(绿色和蓝色)
- 画笔

1. 给气球充气,使其呈球形,之后用绳子系好口。把气球放在小碗上,防止它滚来滚去。

2. 把报纸剪成一条一条的。

3. 在大碗里加入面粉和水,搅拌成糊状。

艺术

把报纸条浸泡在糨糊中，之后取出铺在气球表面。

重复上一步，直到气球被完全覆盖。然后，再铺一层。用系气球的绳把糊好的地球仪挂起来晾干。

等地球仪干了以后，再把它放在小碗上。用记号笔勾勒出各大洲的轮廓，然后把海洋涂上蓝色，陆地涂上绿色。

原理

面粉和水搅拌而成的糨糊，就像胶水一样。当你把报纸条铺在气球上时，报纸会根据气球的形状成型，干燥后会变硬。再铺一层报纸可以起到加固的作用。如果你做的地球仪不完全是球形的，也不要紧——地球本身就是这样的！当地球在太空中旋转时，因为受到力的作用，它两极稍扁，而赤道处略鼓。

 动手做一做

制作马车

玛丽和梅德洛克夫人乘坐马车穿过了荒原。自己动手做一辆马车，迎风享受一段旅程吧。

准备材料

- 纸质吸管
- 剪刀
- 两根细细的小木棒
- 4个圆形的塑料盖（大小相同）
- 卡纸
- 胶带
- 双面胶
- 小纸盒
- 彩笔

1 将吸管剪成两半，套在木棒上，作为轴。

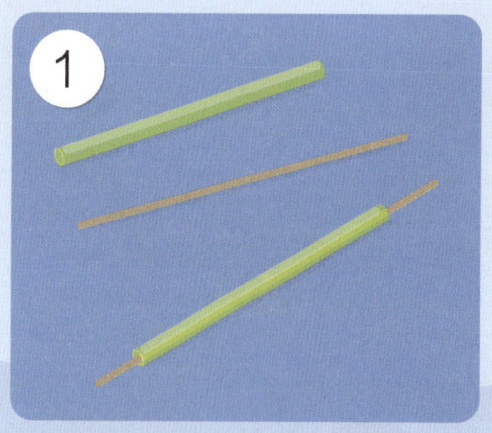

2 请大人在塑料盖上穿孔，并帮你把盖子固定在小木棒的两端，作为车轮。

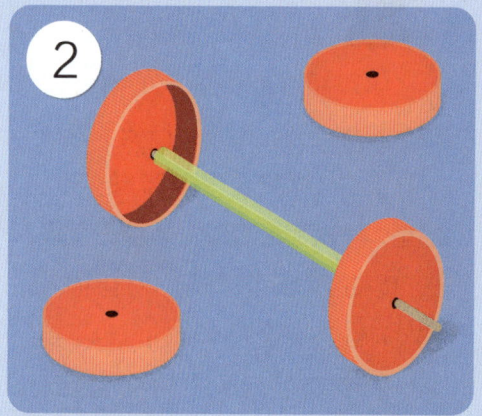

3 根据车轮之间的距离从卡纸上剪下一个合适的长方形，作为底架。用胶带将吸管粘在底架的两端。检查车轮是否可以自由转动。

工程

用彩笔在小纸盒上画上窗户和门,作为车厢。

用双面胶将车厢与底架粘在一起。

从卡纸上剪下一个小长方形,对折后将其粘在车厢的前面,作为座位。在车厢的两侧粘上两张条状纸,作为辕(车前驾牲畜的两根直木)。

原理

当你移动重物时,因为物体与地面之间的摩擦力,你会觉得很难推动或拉动它。借助轮轴,重物与地面之间的摩擦力变小,移动重物所需的力量也变小。车轮越大,越容易移动物体。

第二章　走廊里的哭声

玛丽穿过玛莎指给她看的那扇门，走进了一大片林子当中。那里有宽阔的草坪和蜿蜒的小路。她发现，几处有围墙的花园是彼此相连的。一个拿着铲子的老园丁看到她，露出吃惊的表情，伸手摸了摸帽檐算是打招呼。他看到她时似乎一点儿也不高兴，而玛丽也有同感。

玛丽走进了果园，发现围墙那边似乎还有一个花园，但没有门通向那里。她可以看到花园那边的大树。这时，一只栖息在树枝上的知更鸟突然唱起歌来，仿佛在召唤她。她喜欢听这鸟儿欢快友好的轻啼。

玛丽回到那个园丁身边，发现他正在挖土。"没有能进去那个花园的门。"玛丽说。

"什么花园？"他用粗哑的声音回答，暂时停下了手里的活儿。

"在墙的另一边。"玛丽回答，"那边有树，还有一只知更鸟在唱歌。"

令她惊讶的是，园丁的脸上泛起了微微的笑容。他转过身来，吹了一声低沉而柔和的口哨。几乎就在同时，玛丽听到空中有一阵轻轻拍打翅膀的声音，知更鸟飞到了园丁的脚边。

"它来了。"老人笑呵呵地说着,接着便和小鸟对起话来,仿佛在对小孩子说话一样,"你去哪儿了啊,你这个小赖皮?"

小鸟歪着它的小脑袋,用温柔明亮的眼睛看着他。它看起来相当温顺,一点儿也不怕生。

"你就是那个从印度来的小姑娘吧?"老人问。玛丽点了点头。

"你叫什么名字?"玛丽问道。"本·韦瑟斯塔夫。"他回答说。接着,他用大拇指朝知更鸟指了指,笑着说:"它是我唯一的朋友。"

玛丽本想再问几个问题,可知更鸟飞走了。"它飞到墙那边去了!"玛丽一边望着鸟儿一边喊,"它飞到那个没有门的花园里啦!"

"它就住在那儿。"本·韦瑟斯塔夫说。

"肯定在某个地方有个门。"玛丽说。

"十年前有,可现在没了。"老人突然说,"任谁都找不到,再说也不关任何人的

吸引注意

知更鸟的叫声吸引了玛丽的注意,玛丽觉得鸟儿仿佛在呼唤她。

你能做一个会叫的鸟哨吗?把书翻到第32页,按照上面的简单说明做一个吧。

知识园地

鸟鸣

鸟鸣无疑是春天到来的一个标志。鸟类会在繁殖季节唱歌，以此来吸引配偶，或是宣告自己的活动领地，警告同类不得前来侵占。科学家认为，许多鸟生来就能唱简单的曲调，不过它们也会倾听和学习。

鸟类的发声器官被称为"鸣管"。鸣管位于气管分叉的地方，分别与两肺相连，通过肺部的空气发声，所以鸟类能够同时发出两种不同的音调。

鸟类还会通过短叫、啁啾、颤音和啭声进行交流。鸟鸣有很多用处，比如警告其他同类有危险、与家人和朋友保持联系、说明食物的位置等。有些鸟儿交流时并不用鸣管发声，而是会用肢体语言进行交流。比如，啄木鸟通过敲击树干发出的声音进行交流。

023

事。你就别多管闲事了。好了,我得继续干活啦。走吧,去别处玩吧。我可没时间了。"本·韦瑟斯塔夫连声再见都没说就走开了。

玛丽尽可能出去多走动,她发现有一个地方自己去得最为频繁,那就是有围墙的那些园子外面的那条长长的小径。她发现墙上有一处常春藤比其他地方的长得茂盛。她正盯着那里出神,忽然眼前闪过一抹红色,一声悦耳的鸣叫声飘入耳内。之前遇到的那只知更鸟正栖息在墙头,歪着脑袋看她呢。紧接着,它俯冲到一棵树上,就是玛丽第一次看到它的那棵树上。"它在那个没人进得去的花园里。"玛丽自言自语道,"我多么希望能进去啊!"

玛丽几乎一整天都待在户外,晚饭时她胃口大开。"为什么克雷文先生讨厌那个花园呢?"她问玛莎。

"我就知道你会一直惦记着那个花园。"玛莎说,"我第一次听说的时候,也和你一样。"

三角形拼图

十年来,花园围墙上的常春藤已经长得十分茂盛了,遮住了通往秘密花园的大门。

试着用绿色的三角形拼一拼,拼出一墙常春藤吧。把书翻到第34页,了解一下更多的细节吧。

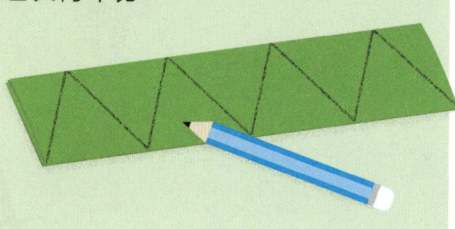

知识园地

攀缘植物

与其他藤蔓和爬山虎一样，常春藤也是一种攀缘植物。它生长的速度很快，可以快速爬满墙壁、栅栏和建筑物。

攀缘植物的茎比较细弱，所以生长时需要借助外物的支持。它们的生长速度很快，因为所有的能量都用在茎的延长而非加粗上了。常春藤的叶子常绿而茂密，它的根比较特殊，从茎上生出，钻入粗糙的表面，如树皮或砖墙。攀缘植物在向光生长的过程中，会把细长的茎缠绕在其他植物茎上。被长了十年的常春藤所覆盖，难怪秘密花园的门会隐而不见。

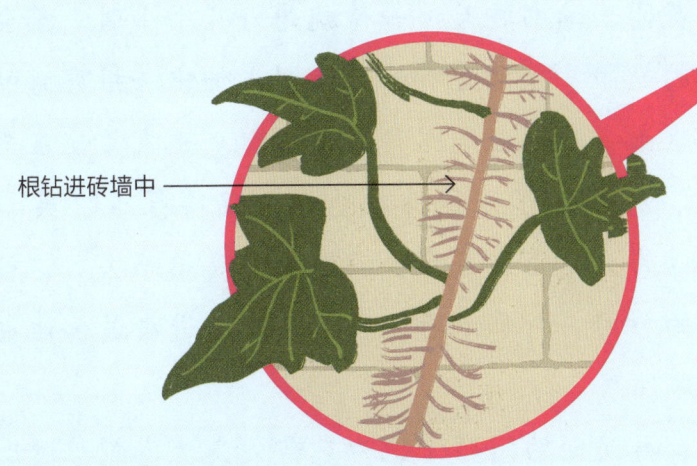

根钻进砖墙中

狂风在房子外面呼啸，但玛丽待在红红的炉火旁，感到安全而温暖。

"那是克雷文夫人的花园。他俩刚结婚时，她开辟了那片花园。他们在花园里读书聊天，一待就是好几个小时。那会儿，她还是个年轻的姑娘。花园里有一棵古树，伸出一根弯弯的树枝，人正好可以坐上去。她在周围种满了玫瑰。她常常坐在那里。不过，有一天，树枝断了，她摔在地上，伤得很重，第二天就死了。大夫们以为，克雷文先生会疯掉，随妻子而去。这就是他讨厌那个花园的原因。打那以后，再也没有人进去过，他也不允许任何人谈论这件事。"

玛丽没有再问别的问题，她为克雷文先生感到难过。她静静地坐在炉火边,听着风的呼啸。突然,她听到一个奇怪的声音,仿佛哪个地方有个小孩在哀号。也许是风的声音,不,她觉得这声音肯定是从宅子里面传来的。"你听到有人在哭了吗?"她说。

玛莎突然之间显得很慌乱。"没有啊。"她回答道,"那是风的声音,有时候风声听起来就像是有人在荒原中迷路了,急得大哭起来一样。""可是,你听呀,"玛丽说,"它是从宅子里传来的,从某条长走廊传来的。"

就在这时,楼下有扇门被吹开了,一股劲风袭来,玛丽房间的门也哗啦一下打开了。她们二人跳了起来,哭声也愈发清楚了。

"听!"玛丽说,"我就和你说嘛,有人在哭。"

玛莎跑过去把门锁上。"就是风声。"她固执地说,"如果不是的话,可能是贝蒂·巴特沃斯,那个洗碗的女仆,她牙疼一整天了。"

不过,玛莎的神情里透着古怪,玛丽不禁紧紧地盯着她。玛莎所说的每一个字,她都不相信。

第二天,大雨倾盆,荒原淹没在灰蒙蒙的雾霭和乌云中。今天不能出去玩了。

"下这么大的雨的时候,你在茅舍里都做些什么呢?"玛丽问道。

"我们一大家子十四个人,主要就是别让别人踩到自己的脚。"玛莎回答,"我弟弟迪康并不介意下雨。他说雨天可以看到晴天时看不到的东西。有一次,他发现了一只被抛弃的狐狸崽，把它带回了家。还有一次，他发现了一只快被淹死的小乌鸦，他救了它并驯化了它。"

玛丽喜欢听玛莎讲故事。"要是我也有一只乌鸦或小狐狸就好了，我就可以和它玩了。"玛丽说，"可是，我啥都没有。"

"你认字吗？"玛莎问。

"可我一本书也没有呀。"玛丽说，"原来有的那些书都留在了印度。"

"那真是太可惜了。"玛莎说，"如果梅德洛克夫人让你去书房就好了，那儿有成千上万本书。"

玛丽没有打听书房在哪儿，因为她的脑子里突然萌生了一个想法。她对书房倒没什么兴趣，但她由此想到了那一百个锁着的房间。她想知道它们是不是真的被上了锁，如果有的房间能进去，那说不定会发现些什么。这个下雨的早晨，就可以用来干这件事。

玛丽在楼上和楼下徘徊，她穿过长长的走廊和狭窄的通道。这些房间里一定住过人，但现在空荡荡的，她简直难以相信这是真的。她看了那么多房间，累坏了。房间里一律挂着古老的图画或挂毯，还有奇怪的家具和装饰物。

玛丽闲逛了很久，她太累了，走不动了。她迷路了两三次，拐错了走廊，但最后还是回到了自己所在的楼层。她刚找对方向，就听到一个声音打破了寂静，又是一阵哭声，但与昨晚听到的不太一样。

这次绝对是一个小孩焦躁不安的呜咽声，听起来很沉闷。

"有人在哭呢！"玛丽的心跳开始加速，她既紧张又兴奋。她抓起身边的挂毯，吃惊地往后一跳。挂毯下面有一扇门，门是开着的，里面有一段走廊。梅德洛克夫人正朝这个方向走过来，她手里拿着一串钥匙，满脸的不高兴。

"你在这儿干什么？"说着，她揪住玛丽的胳膊，拽起她就走，"我是怎么跟你说的？"

"我转错了方向。"玛丽解释说，"我不知道该往哪个方向走，我听到有人在哭。"

此时此刻，她打心眼儿里讨厌梅德洛克夫人，接下来她的讨厌更是有增无减。

"你什么声音都没听见。"梅德洛克夫人说，"回你自己的房间去，不然的话，可别怪我给你几个大耳刮子。"梅德洛克夫人抓起玛丽的胳膊，半推半拉地把她拽上一条通道，又拽下一条通道，直到到达她的房间。

"待在让你待的地方，不然的话，你就会被锁起来。"梅德洛克夫人"砰"的一声把门关上并离开了。玛丽坐在火炉前的地毯上，脸色煞白，怒气冲冲。

"有人在哭，就是有人在哭嘛！"她自言自语道。

她都听到两次了，她急切地想知道是谁在哭！

动手做一做

制作鸟哨

知更鸟对着玛丽和本·韦瑟斯塔夫鸣叫，似乎是想和他们交流。自己动手做一个鸟哨来吸引别人的注意吧。

1

准备材料

- 塑料吸管
- 剪刀
- 酸奶瓶
- 胶水
- 空眼药水瓶
- 水
- 画笔和颜料

将吸管一剪两半。如图所示，请大人帮你从吸管的上端剪下一小块。

2

从酸奶瓶上剪下一小块塑料，将其插入吸管中。用胶水填满塑料下面的缝隙。

3

等胶水干后，就可以试试哨子了。

科学

请大人帮你在眼药水瓶的底部开一个小孔，把吸管插进去，然后将吸管略微向上倾斜，用胶水固定住。

等胶水干后，在眼药水瓶中注入一半的水。把盖子拿掉，这样鸟哨的顶端就形成了一个气孔。在酸奶瓶上剪下一小块塑料，用胶水粘在眼药水瓶上，作为鸟嘴（如上图）。

用鲜艳的颜色给鸟哨上色。颜料干了以后，对着哨子吹气，鸟儿就会唱起歌来。盖上盖子，看看声音有什么变化。

原理

用吸管做的哨子发出的声音很高，因为你在迫使空气通过一个小孔。把吸管插到眼药水瓶中，会改变哨子的长度和声音。当瓶子里装入一半水时，吹哨子会使瓶子里的空气在形状和面积上发生变化，同时产生不同的声音。不时地盖上盖子，改变哨子的长度，它就会像管乐器一样。

动手做一做

制作常春藤幕布

通往秘密花园的门被厚厚的常春藤遮挡住了。你能不能拼一拼常春藤叶子,也把门藏起来?

准备材料
- 一张A4纸
- 铅笔
- 彩笔
- 绿卡纸
- 剪刀
- 尺子

用彩笔在A4纸上画一面古老的围墙,中间画一扇木门。

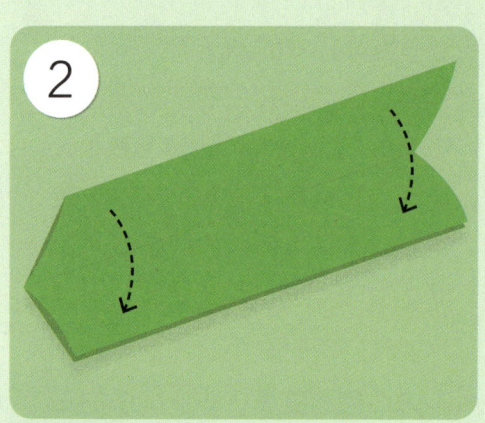

将绿卡纸沿纵向对折,然后再对折。

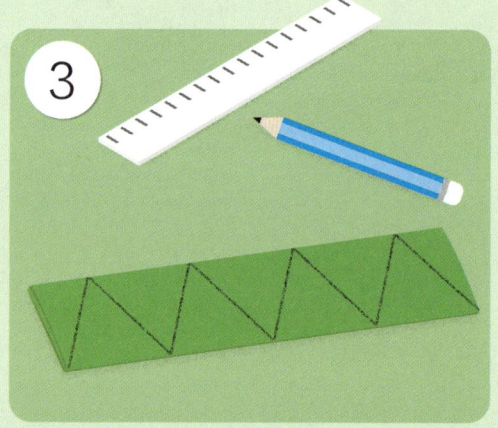

用尺子沿折好的纸画等腰三角形(两边长度相等的三角形),这些三角形就代表常春藤叶子。

数学

把常春藤叶子剪下来,用铅笔在上面画出叶脉。

用常春藤叶子盖住你的图。好好安排一下三角形的位置,让它们完全覆盖这张图,不留任何缝隙,你能做到吗?

现在,换一种拼图方法,从一个中心点开始覆盖,如图所示。哪种设计效果更好?你需要多少片常春藤叶子才能盖满整幅图?

 **原理**

有的形状可以覆盖一个平面而不留任何缝隙,三角形就是其一,因为不管什么样的三角形,内角和加起来都是180°(相当于一条直线)。你会发现,将常春藤叶子排成一排比围绕中心点拼更高效。

第三章 花园的钥匙

两天后,雨停了,灰雾和乌云都被风吹走了。现在风平浪静,明亮的蔚蓝色苍穹笼罩在荒原之上。

一能出门,玛丽立刻就动身了。本·韦瑟斯塔夫正和另外两个园丁在第一个菜园子里干活。

"春天就要来啦。"他说。

没过一会儿,玛丽就听到了轻轻拍动翅膀的声音,她知道知更鸟又来了。它在离她很近的地方歪着小脑袋跳来跳去。

"你觉得它会记得我吗?"她问本·韦瑟斯塔夫。

"记得你!"韦瑟斯塔夫愤愤不平地说,"它一心想要了解你的一切。"

玛丽朝长满常春藤的围墙走去,这时她听到一阵鸣啭。循声望去,她看到知更鸟正在土里啄食。"你真的还记得我呀!"玛丽喊道。她走近时,知更鸟并没有飞走,而是让她接近。玛丽高兴极了,气都不敢出。

知更鸟跳上一堆新翻的泥土,停下来找虫子吃。那个地方之前肯定被狗刨过,所以才翻出这么多新土。玛丽目光低垂,看到里面好像埋了什么东西——一个生锈的铁环或铜环。她把它捡起来,发现是一把很旧的钥匙,看起来已经被埋在土里很长时间了。

"没准儿它就是花园的钥匙呢！"她低声说。

玛丽把钥匙握在手里翻来翻去，她现在能想到的就是找到那扇门。

她决定每次出门都把这把钥匙带在身上，这样只要找到门，随时都可以开门进去。

玛莎昨天回家待了一晚，现在已经回来了。"啊！他们可喜欢听关于你的故事了。"她说，"他们想知道你坐的那艘船是什么样子的。不管我讲多少，他们都觉得没听够。哦，我给你带了件礼物！妈妈看到它时就想到了你。我把工钱全都带回了家。"她从围裙里拿出一根跳绳，玛丽一脸困惑的表情。"这是干什么用的呢？"她好奇地问。

"干什么用的？"玛莎大声说道，"难道印度没有跳绳吗？就这样用，看着我。"玛莎开始在屋子中间跳起来，玛丽很高兴地看她示范。"你试试吧。"玛莎鼓励地说，顺手把绳子递给她。"只要你勤加练习，很快就会找到窍门。"

玛丽爱上了跳绳，一刻都不想停下来。她穿上外套，戴好帽子，刚走到门口，又慢慢地回过头来。"玛莎，"她伸出手说，"你妈妈是用你的工钱买的，谢谢你。"玛丽说得不太自然，因为她还不习惯感谢别人。玛莎笨拙地握了一下她的手，似乎也不习惯这样。接着，笑容在她的脸上荡漾开来。

玛丽一路跳绳跳进了菜园。她看到本·韦瑟斯塔夫一边挖

知识园地

雾

当薄雾降临时，荒原仿佛被罩了起来。小水珠悬浮在空气中时就会形成雾。

当空气迅速冷却时，空气中的水蒸气会变成微小的水滴。这种情况一般会发生在夜间，此时，地球的热量流失到空间中，地面附近的空气变冷。雾的浓度有大有小，轻风很难驱散浓雾。

在一些缺水的地方，人们使用"捕雾器"来收集空气中的小水滴。"捕雾器"上面有一层网，水蒸气在网的表面凝结，流向收集室，有点像冷天时你在外面蜘蛛网上看到的水滴。

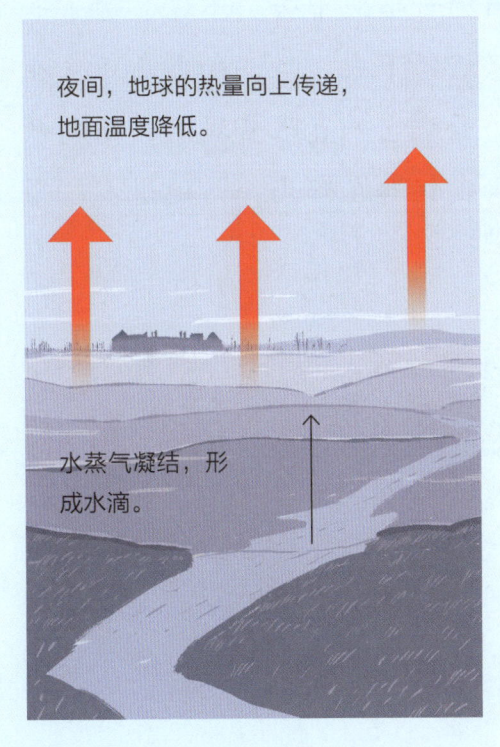

夜间，地球的热量向上传递，地面温度降低。

水蒸气凝结，形成水滴。

你呼出的热气遇到冷空气时，就会形成雾。

土，一边和知更鸟说话。本·韦瑟斯塔夫抬起头，用好奇的目光打量着她。玛丽不知道他有没有注意到她，她真想让他看到自己跳绳。

"嘿！"他感叹道，"你跳得脸蛋都红了，这可是实话，就像我的名字叫本·韦瑟斯塔夫一样。我没想到你还能跳绳呢。"

玛丽想要沿着满是常春藤的围墙一路跳下去。不过，跳了一会儿，她就热得喘不过气来了，只好停下来。瞧，知更鸟正立在常春藤长长的枝条上来回晃动呢。原来它一直跟着玛丽，还啁啾着和她打招呼呢。"你昨天告诉了我钥匙在哪儿，"她说，"今天应该告诉我门在哪儿了吧！"

揭开秘密

玛丽发现埋在土里的那把钥匙正好能打开花园的门！

试着为你的秘密宝藏做一把密码锁吧。把书翻到第46页，看看怎么做吧。

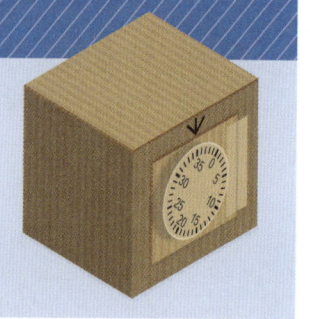

知更鸟用颤音唱起一首好听的歌，炫耀了一番自己的嗓音。玛丽的奶奶曾经给她讲过很多关于魔法的故事，她相信接下来发生的事必定与魔法有关。

一阵轻风吹过小径，这股风比刚才的稍大一些，足以吹动墙上的常春藤。玛丽朝前跳去，用手抓住了常春藤，因为她看到下面有个东西——一个被树叶包裹住的圆形把手，一个门把手！

玛丽把树叶拨到一旁，她的心怦怦直跳，手因为兴奋而微微颤抖。她的手指伸向了那扇已经锁了十年的门。钥匙插进锁里刚好合适，并且还能转动呢。她用了两只手的力气，不过，它真的动了。玛丽深吸了一口气，朝身后瞥了一眼，看有没有人过来。她推了推门，门因为常春藤的阻拦开得很慢，但还是开了。玛丽溜进去，关上门。她后背紧贴着门站着，因为兴奋、惊奇和高兴而呼吸急促。她终于站在了秘密花园的里面！

这是任谁都想象不到的最奇妙的地方。高高的围墙都被没有叶子的攀缘玫瑰枝子所覆盖。地上铺满了棕色的枯草，还有灌木丛。

花园里还有别的树，上面爬满了玫瑰的藤蔓。不过，藤蔓上既没有叶子，也没有花，玛丽不知道它们是死了呢，还是仍然活着。

"多么安静啊！"她低语道。她默默伫立了一会儿，倾听着周围的寂静。"我是十年来第一个在这儿说话的人。"

如果她是本·韦瑟斯塔夫，那么只要一眼便能判定这些树木是不是还活着。不过，她看到的都是灰色和棕色的枝枝蔓蔓，一点儿生命的迹象也没有。

玛丽在花园里跳起绳来。她在泥土中看到了一些淡绿色的小嫩芽，于是蹲下来观察它们。"这些小嫩芽正在生长呢，"她低声说，"这个花园还没有完全荒废，即使玫瑰死了，还有别的东西是活着的呢。"

有些地方的枯草看起来很厚，她觉得那些绿芽都没有足够的生长空间了。于是，她找了一根带尖的木棍，把枯草挖出来，给绿芽清理出了一块地方。她一直干活，干到了午饭的时间，那些淡绿色的嫩芽不再被杂草压着，看起来欢快多了。

"我今天下午还会来的。"玛丽说着从门里溜了出去。后来，她问玛莎那些根长得像洋葱一样的绿芽是什么。"它们是球茎。"玛莎回答，"春天有很多花是从球茎上长出来的。哎呀！迪康在我们家的园子里种了一大堆这种花。"

球茎

有些花属于球茎植物,如水仙花和雪花莲。球茎是一种地下茎。

开花后,球茎植物从土壤中吸收养分,从太阳中汲取能量,并将它们储存在球茎中。球茎有了这些储备的养分和能量,寒冷的冬天来临时,便会在地下休眠,待来年条件合适时再次生长。

在冬季,球茎在地下休眠,它的根深植于土壤中。当温度等条件合适时,球茎会长出绿芽,然后成长为茎,最终开花。接下来,叶子枯萎,如此循环往复。

有些球茎是用来食用的,如洋葱和大蒜;有些球茎则是为了装饰性的花朵而种植的,如水仙和郁金香。

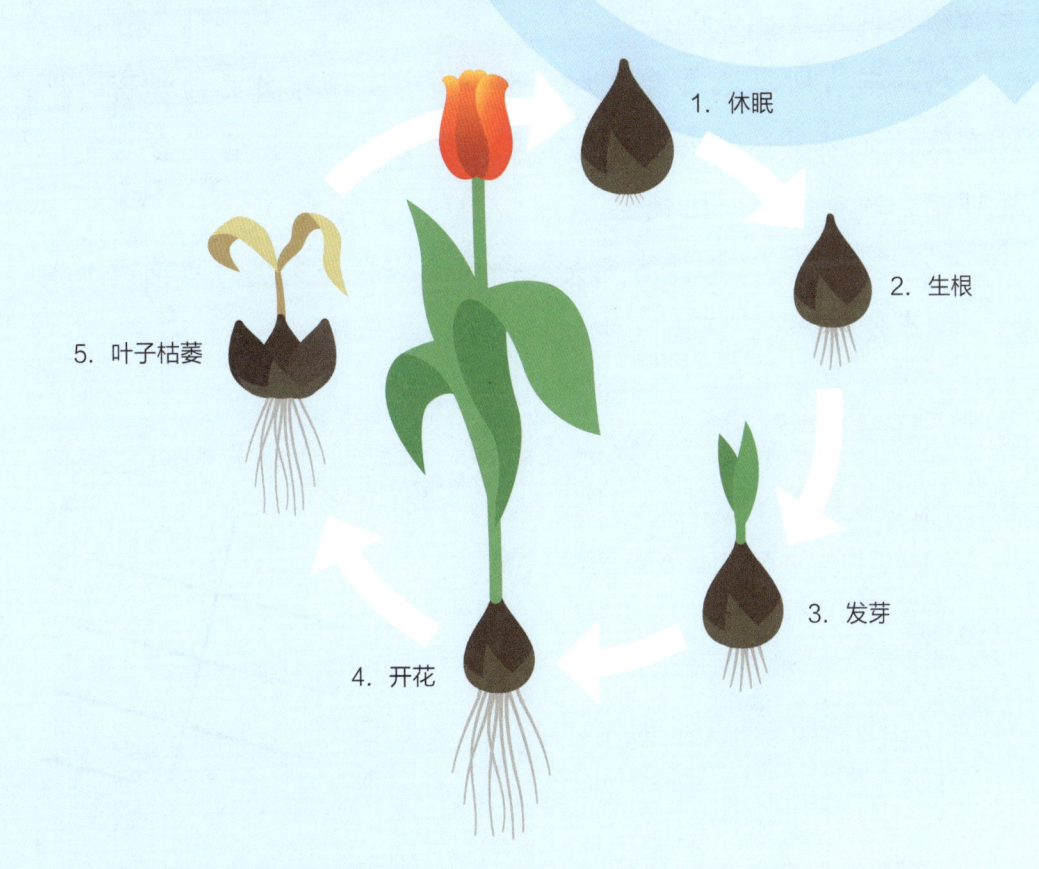

1. 休眠
2. 生根
3. 发芽
4. 开花
5. 叶子枯萎

"这些花，迪康都认识吗？"玛丽问道，因为她心里突然有了一个新的主意。

"即使是面砖墙，咱们的迪康也能让它长出花来。妈妈说，他只要对着大地轻声说些好话，地上就会有东西长出来。"

"如果没有人照顾，球茎能活很长时间吗？"玛丽问。她迫切想知道更多的情况。

"如果你不管它们，它们大多数会在土里不停地生长，而且还会生出小宝宝来。"玛莎解释说。

"我真希望现在就是春天。"玛丽说，"我想看看英国所有的花木。我真希望自己有一把小铲子。"

"你要铲子做什么呀？"玛莎笑着问她，"莫非要去挖土？我必须把这件事也告诉妈妈。"

玛丽若有所思地看着炉火。她必须小心保守自己的秘密。她没有做什么坏事，但要是被克雷文先生发现了，他肯定会生气，还可能会给花园换一把锁。

"克雷文先生让梅德洛克夫人每周六给我一先令的零花钱。我想，要是我有铲子，再有一些种子，就可以开辟一个小花园了。"

新生

玛丽想种些种子，让秘密花园焕发生机。种子需要什么条件才能生长呢？把书翻到第48页，看看豆子是如何发芽的吧。

玛莎的脸一下子亮了起来。"妈妈就提过这件事！"她感叹道，"斯威特村的铺子有种子卖，还有打理花园用的小工具。你会写印刷体吗？"她突然问。

"我们可以写信让迪康去买。"玛莎说。玛丽的字写得不是特别好，但她还是按照玛莎的口述写了一封信。一天之间，竟然有这么多令人兴奋的事！

那天晚上，玛莎刚要下楼去取茶盘，玛丽便问了她一个问题："玛莎，今天那个洗碗的女仆又牙疼了吗？"

"你为什么会这么问呀？"玛莎惊讶地问道。

"我去走廊里看你来没来的时候，又听到了那哭声，这已经是第三次了。今天没刮风，所以不可能是风的声音。"

"唉！"玛莎说，"你可不能在走廊里闲逛，东听西听呀。克雷文先生会生气的，谁晓得他生气了会做出什么事来。哎呀！梅德洛克夫人摇铃了。"说着她赶紧跑出了房间。

"这真是世界上最最奇怪的一幢宅子了。"玛丽昏昏欲睡地说。她白天呼吸了新鲜的空气，跳了很多绳，还在花园里干了活，终于招架不住，很快就睡着了。

动手做一做

制作密码锁

令玛丽兴奋的是,埋在土里的钥匙打开了那座秘密花园的门。试着自己做一把密码锁吧,但别把密码告诉别人哦!

1

准备材料

- 小方纸盒
- 瓦楞纸板
- 铅笔和黑色彩笔
- 剪刀
- 胶枪
- A4纸
- 雪糕棒(从一端剪下1厘米)

如图所示,请大人帮你在纸盒的一侧剪出一个正方形的口。

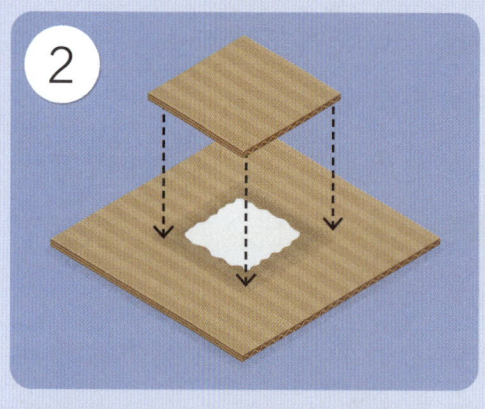

2

在瓦楞纸板上剪一个正方形,每边要比第一步中剪出的正方形大约长1厘米。如图所示,在大正方形的中央剪掉一个较小的正方形。然后将这两步中的大小正方形粘在一起。

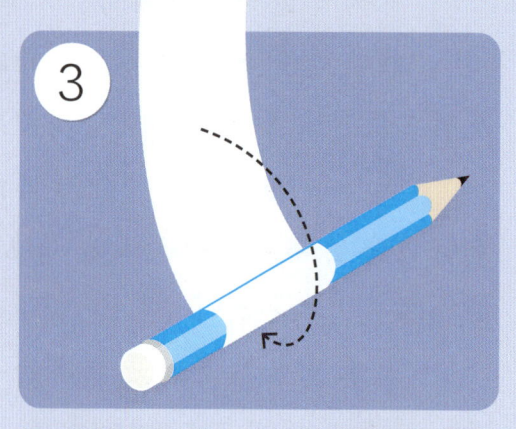

3

在A4纸上剪下一条大约4厘米宽的纸条,将其缠绕在铅笔上。取出铅笔,将卷好的纸筒剪成约1厘米宽,边缘要剪得整齐笔直。

工程

4

请大人帮你在第二步做好的正方形瓦楞纸中央剪一个孔。将纸筒穿在孔内。如图所示，剪一个圆形卡片，并在外圈标上数字，把它贴在纸筒的正上方。

5

把雪糕棒粘在纸筒的另一边，密码锁就做好了。

6

将密码锁放在纸盒的口上，在一侧粘上一小条纸作为铰链，在圆形卡片上方画一个箭头。转动圆盘，使门保持关闭状态，继续转动，当门打开时记下箭头所指的圆盘上的数字。这个数字就是你的密码，一定不要告诉别人哦。你可以把自己的宝贝放进纸盒里啦！

原理

雪糕棒相当于一把锁，可以使门保持关闭状态，而卷好的纸筒相当于杠杆。当你转动圆盘时，雪糕棒也会跟着转动。转到某个位置时，雪糕棒卡不到门上，门自然就开了。密码锁的工作原理与此类似。当密码正确时，锁内的轮子和凹槽会完美地合在一起，这样门就打开了。

045

动手做一做

种子发芽

玛丽想让秘密花园重新焕发生机,所以她打算种上一些种子。试试这个简单的实验,看看豆子是如何发芽的。

准备材料

- 塑料自封袋
- 黑色记号笔
- 纸巾
- 豆子
- 喷壶

1 如图所示,用黑色记号笔在塑料自封袋上画好格子,每个格子长5厘米,宽2厘米。

2 把纸巾叠一下,使其正好能够装在塑料自封袋内。用喷壶将纸巾喷湿。

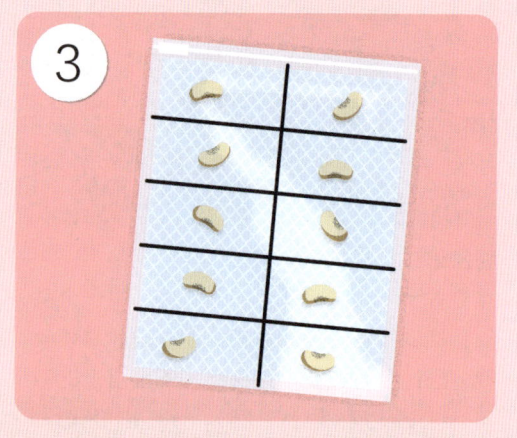

3 将纸巾放到塑料自封袋内。如图所示,将豆子也放入袋里,保证每个格子里有一颗豆子。

科学

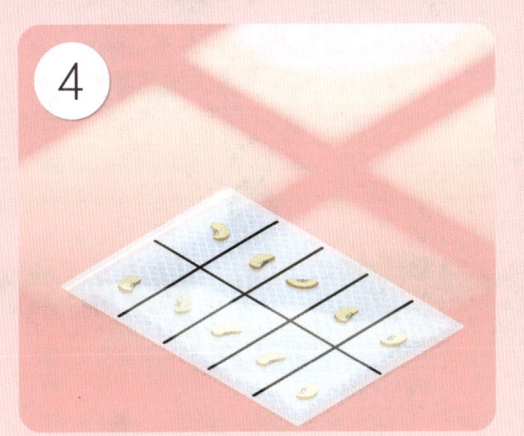

4 封上袋子，将其放在窗边有阳光的地方。

5 观察几天，看看哪些种子开始生根发芽。

6 将发芽的种子数量除以10，便可以得出豆子的发芽率（百分比）。

8 ÷ 10 = 80%

原理

当种子发芽时，它们会生出根和芽。有些种子未能发芽，是因为条件不太合适。种子生长需要水、氧气、合适的温度和光照水平。了解种子的发芽率对农民来说很有用。他们可以选择种下更多的种子，以便收获所需数量的作物。

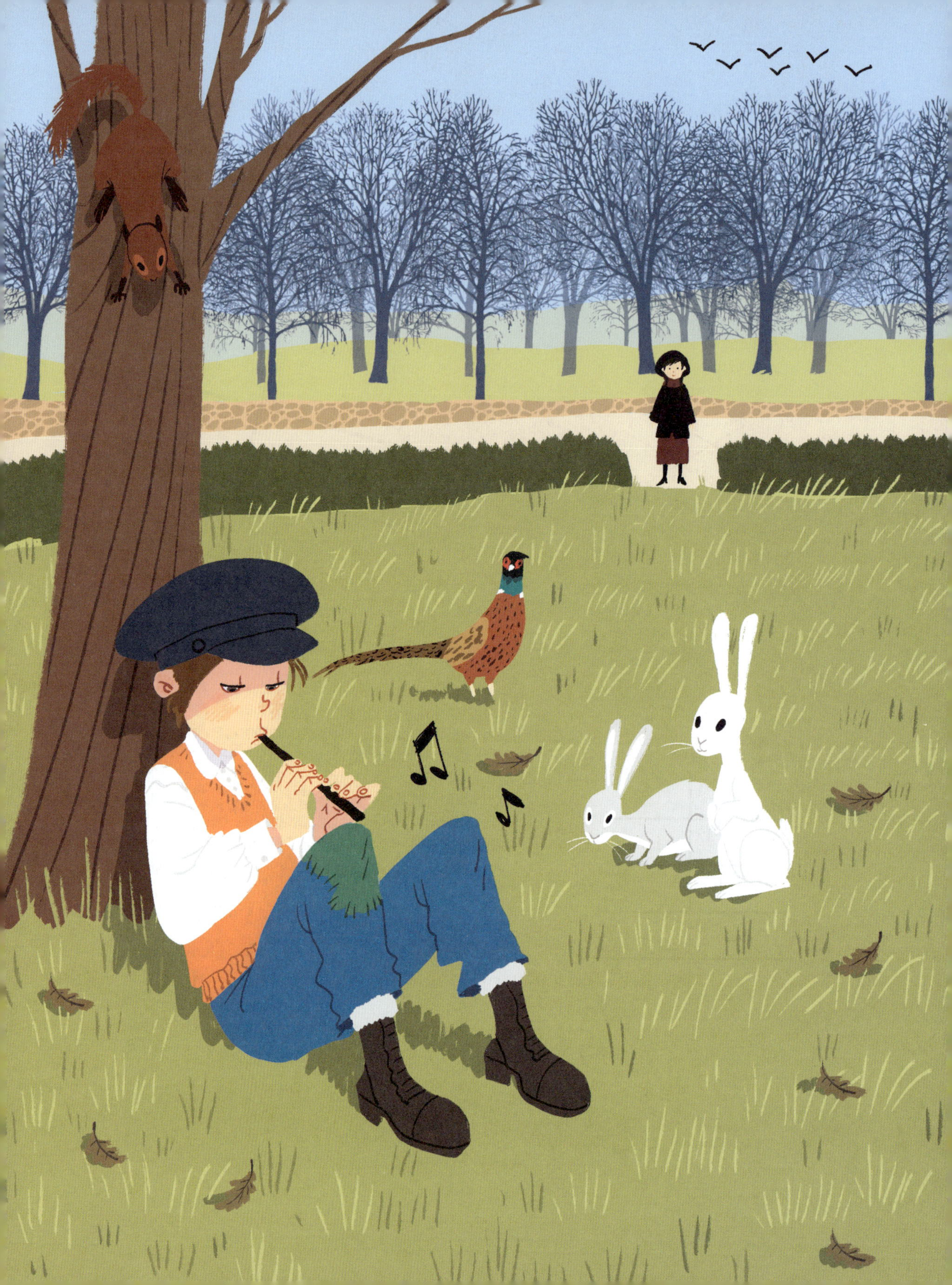

第四章 迪 康

玛丽每天都会发现新的绿芽,她很想知道它们还要多久才会开花。

"要是你有自己的花园,"一天早晨,玛丽问本·韦瑟斯塔夫,"你会种些什么呢?"

"球茎植物和有香味的花,但多半会种玫瑰。"

"哇,你喜欢玫瑰啊!你怎么分辨它们是死的,还是活的呢?"玛丽问道。

他好奇地看着她那张写满渴望的小脸。"你为什么突然对玫瑰这么感兴趣啦?"他问。

玛丽几乎不敢开口回答。"我……我想要一个自己的花园,"她结结巴巴地说,"我在这儿没啥好干的。"

玛丽壮着胆子尽可能多问了一些问题,然后跳着绳跑开了。有一条通向树林的小路,两旁是月桂树篱,她想看看那里有没有蹦来跳去的兔子。进入树林前,有一扇小门。她在门口听到了一阵轻轻的哨声。玛丽屏住呼吸,她发现一个男孩靠坐在树下,吹着木笛。

一只棕色的松鼠趴在树上定睛看着他,一只野鸡从旁边的灌木丛中探出头来,两只兔子蹲在那里嗅来嗅去。仿佛它们都是为

知识园地

乐器

演奏乐器时,要通过吹气、弹拨或敲击使空气振动,从而发出声音。改变演奏方式,可以改变空气振动频率,从而产生不同的音高。频率低则音调低,频率高则音调高。

弹奏弦乐器时,较粗的琴弦振动得较慢,所以它们的声音较低。弹奏时,可以用手指改变弦的长度,从而改变音调的高低。

演奏管乐器时,改变管身的长度可以改变音高。

以长号为例,拉伸滑管,使管身变长,音调便会变低。再以长笛为例,通过按键可以延长或缩短空气传播的距离。

滑管↓

管长=音低

管短=音高

了看他、听他演奏而靠拢过来的。

当男孩看到玛丽时,他举起一只手,用轻柔的语调对她说:"别动,要不它们会被吓跑的。"

男孩放下木笛,慢慢地站起来。"我叫迪康,"他露出灿烂的笑容,"我知道你,你是玛丽小姐。"

"你收到玛莎的信了吗?"她问。

他点了点头,说:"我就是为这件事来的。我买来了修理花园用的工具,还有你想要的种子。"

于是,两个小家伙坐下来,一起翻看种子。突然,迪康停了下来,迅速转过头,面露喜色。"那只召唤我们的知更鸟在哪里?"他说。

"它真的在召唤我们吗?"她问。

"没错,"迪康说,"它正在召唤它的朋友们呢。瞧,它在灌木丛里。它是谁的鸟呢?"

演奏音乐

迪康吹的是木笛,他演奏的曲子吸引了小动物们的注意。

你能做一个排箫,演奏一首曲子吗?把书翻到第62页,看看怎么做吧。

"是本·韦瑟斯塔夫的。不过,我觉得现在它也有点儿认识我了。"玛丽回答。

"是的,它认识你,"迪康说,"而且它喜欢你。它马上就会把你的事一五一十地告诉我。"

迪康慢慢地走近灌木丛,吹了声口哨,声音和知更鸟的啁啾几乎一模一样。知更鸟听了一会儿,鸣叫了几声,好像是做出了回答。

"没错,它是你的朋友。"迪康笑着说。他从灌木丛中走回来,开始和玛丽说种花的事,"你的花园在哪儿呢?"

玛丽不知道该怎么说才好,半天没有说话。她从来没有想过有人会问这个问题,心里觉得自己的处境太糟糕了。

"你有一个花园,对吧?"迪康说。

玛丽把目光转向他,"你能保守秘密吗?要是被别人发现了,我不知道自己会怎么样,我想我会死的!"最后一句话,她说得很重。

迪康更摸不着头脑了,但他和善地回答说:"我一直在保守各种秘密,"他说,"比如狐狸崽啊,鸟巢啊,还有小动物的窝啊。没错,我肯定能保守秘密的。"

"我偷了一个花园,"她急忙说了一句,"它不是我的,不是任何人的。没有人想要它。他们任由它死去,把一切都关在了里面。"她说得很激动,用胳膊挡住脸大哭起来。

"啊?"迪康充满了惊讶和同情。"它在哪儿呢?"他低声问。

玛丽领着他穿过了常春藤后面的那扇门。"就是这儿了,"

053

植物生长需要什么？

植物生长需要五个条件：阳光、水、空气、营养物质和合适的温度。

阳光会给植物提供能量，植物将这些能量转化为食物，以促进自身生长。水对植物来说至关重要。水有助于植物保持细胞硬度、制造食物、通过茎和叶运输营养物质。植物还会利用空气中的二氧化碳来制造食物。大多数植物从土壤中汲取养分。如果温度过高或过低，植物就可能会死亡。

有些植物，如仙人掌，已经适应了在炎热的沙漠中生长。还有些植物，如气生植物，已经适应了无土生长。举个例子，有些气生植物长在雨林树冠上，它们的叶子上长有特殊的鳞片，可以从空气中获取营养和水分。

玛丽边说边挥了下手臂,"这是一个秘密花园,而我是这个世界上唯一希望它醒过来的人。"

迪康环顾四周。"哇!"他很小声地说着,"这就像是做梦一样。我从来没有想过会来到这里。"

"你知道这个花园吗?"玛丽用耳语说道。

迪康点了点头,"玛莎和我说过,我们以前琢磨过它是什么样子的。"

"这些玫瑰会开花吗?"玛丽悄悄地说,"你知道吗?我想它们没准儿都已经死了。"

"哦,不!不会所有的都死了,"他回答道,"看这儿!"

迪康让她看那些看起来仿佛完全死掉的树枝,它们的下半部分呈现出了绿色。迪康把干枯的地方剪掉,告诉玛丽怎样松土,好让空气钻进去。

"你已经做了不少了!"他一边环顾四周一边说。

"你还会来帮我吗?"玛丽恳求道,"哦,请你一定要来,迪康!"

"要是你需要我,我每天都会来,不管下雨还是晴天。"他高兴地回答。"这是一个秘密花园,"他说,"但除了知更鸟,还有人来过。这里和那里都被修剪过,看样子肯定不是十年以前做的。"

这时,正午的钟声敲响了,玛丽吓了一跳,一脸失望的表情。"我得回去吃午饭了。"她难过地说。

迪康自己带了饭,说:"我接着干一会儿,再回家。"

"不管发生什么事,你都不会说出去吧?"玛丽说。

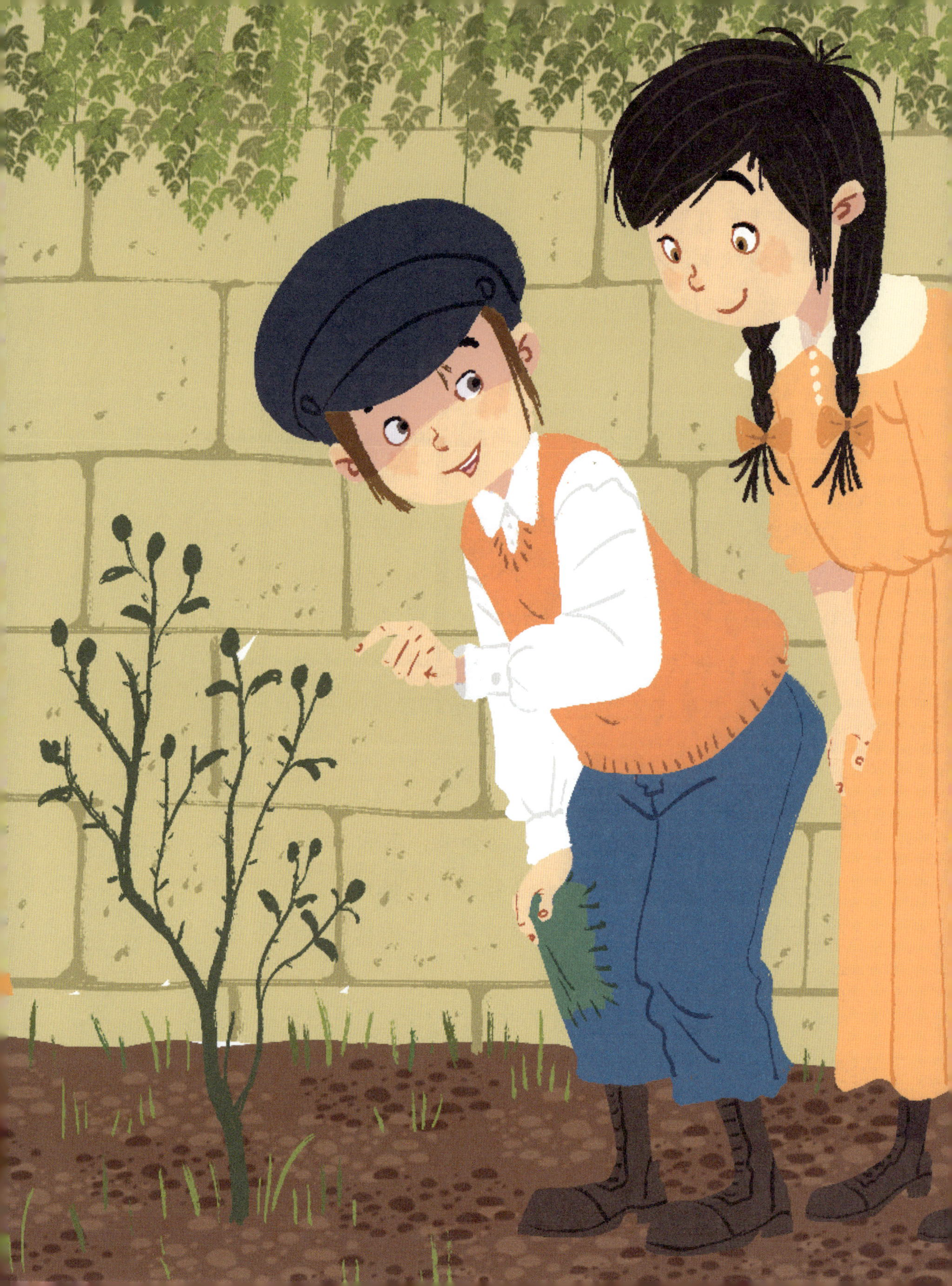

迪康露出了安慰的微笑："你就像告诉了我巢穴位置的槲鸫一样安全。"

玛丽进门时，桌子上已经摆好了午餐。"回来得有点晚啊，"玛莎说，"你去哪儿了？"

"我见到迪康了！"玛丽说。她以为玛莎会问一些她难以回答的问题，但玛莎只问了园艺工具的事儿。

玛丽以最快的速度吃完午饭，刚想跑去拿帽子，玛莎就叫住了她："克雷文先生今天早上回来了，他想见见你。"

玛丽的脸变得煞白："哦！为什么呢？我刚来那会儿，他并不想见我呀。"

"妈妈在斯威特村遇到了他，和他说了些话，他才想要见你。他明天就要到国外去了，要去很长时间，可能得到秋天或冬天才会回来。"

"你觉得他什么时候会想见——"她还没说完，梅德洛克夫人就走了进来。"你的头发太乱了，"梅德洛克夫人快速说道，"赶紧去梳梳头。玛莎，帮她穿上最好的衣服。"

玛丽的心怦怦直跳。她默不作声地跟着梅德洛克夫人穿过走廊。她被带到了一间她从来没有去过的房间。一个男人正坐在火炉旁的扶手椅上。

"玛丽小姐来了，老爷。"梅德洛克夫人说。

"让她待在这儿吧。"那个人说。他长得并

不丑。要不是一直闷闷不乐，他的脸可以说是很英俊的。他看起来好像不知道该对玛丽说些什么。"他们照顾你照顾得好吗？"他问，"你太瘦了。"

"这些天我一直在长肉。"玛丽回答道。他的黑色眼睛似乎没有在看她，而是在看别的东西。

他说："我原本打算给你请个家庭教师或奶妈，后来给忘了。"

"求求你了，"玛丽说，"我已经长大了，不需要奶妈了。求求你先不要给我请家庭教师。"

"索尔比夫人说，最好等你长得再结实点儿，再请家庭教师。去户外玩吧，玩多久都可以。你有没有什么想要的？玩具、书本或洋娃娃？"

"我可以有一小块土地吗？"玛丽用颤抖的声音说，"把种子种进去，让它们生长，看着它们苏醒过来。"

"你想要多大地方都可以。"他说，他的黑眼睛变得柔和起来，"你让我想起了一个人，她也很喜欢土地和种东西。好了！你现在得离开了，我累了。"

生长条件

玛丽想种些种子，让秘密花园焕发生机。

玛丽需要什么才能让植物茁壮成长呢？把书翻到第64页，看看哪种土壤最适合植物的生长吧。

玛丽看到玛莎时，抑制不住自己的兴奋。"我可以有花园喽！"她喊道，"我不会有家庭教师了！他真的是个好人。"

她径直跑向花园，但那里已经没有人了，只有刚刚落在玫瑰花丛上盯着她看的知更鸟。玛丽看到玫瑰刺上有一张纸。上面画了一个鸟巢，旁边用印刷体歪歪扭扭地写着几个字："我会回来的。"玛丽随后把那张纸给玛莎看，玛莎告诉她说这是一只槲鸫，下面是它的巢。玛丽明白了，迪康画这幅画是在告诉她，他会为她保守秘密的！

动手做一做

制作排箫

迪康通过吹木笛把小动物们吸引到了自己的身旁。你也动手做一个排箫,演奏一首曲子吧。

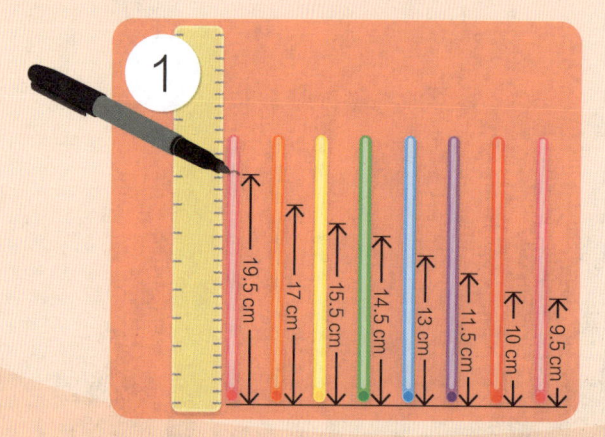

1

19.5 cm / 17 cm / 15.5 cm / 14.5 cm / 13 cm / 11.5 cm / 10 cm / 9.5 cm

准备材料
- 8根吸管
- 尺子
- 剪刀
- 记号笔
- 胶带
- 雪糕棒(可选)

用尺子测量吸管,用记号笔在吸管相应位置处做标记,使8根吸管的长度分别为:19.5厘米、17厘米、15.5厘米、14.5厘米、13厘米、11.5厘米、10厘米、9.5厘米。

2

按照标记剪断吸管,剪掉的尾部要留好。

3

用记号笔依次给每根吸管编号,1号是最长的,8号是最短的。

艺术

4

如图所示，将吸管放在一个平面上，将剪掉的部分放在两根吸管之间，这样依次吹吸管时会更容易些。用胶带将吸管粘在一起。如果需要的话，可以用一根雪糕棒作为支撑。

5

轻轻地吹吸管的顶部。你发现1号吸管和8号吸管的声音有什么相似的地方了吗？

6

现在你可以演奏一些简单的曲子了。试试下面这两句吧。
333 333 35123
321 321 5443

原理

当你往排箫里吹气时，吸管内的空气会发生振动。声音的高低取决于振动频率。

长吸管的频率低（低音），短吸管的频率高（高音）。你会发现，1号吸管和8号吸管的声音很相似（它们相差1个八度）。音调每上升1个八度，频率就增加1倍。

动手做一做

对比不同种类的土壤

玛丽向克雷文先生要了一块地,这样她就可以种上种子,等它们生根发芽了。做做下面这个实验,看看哪种土壤最适合种子生长。

1

准备材料
- 4个小罐子
- 记号笔
- 铅笔
- 园土
- 沙子
- 盆栽土(可以去花店买)
- 种子
- 水和量杯

在4个小罐子里分别装上园土、沙子、盆栽土、一半沙子一半盆栽土的混合土壤。装一半即可。用记号笔在每个罐子上做好标记。

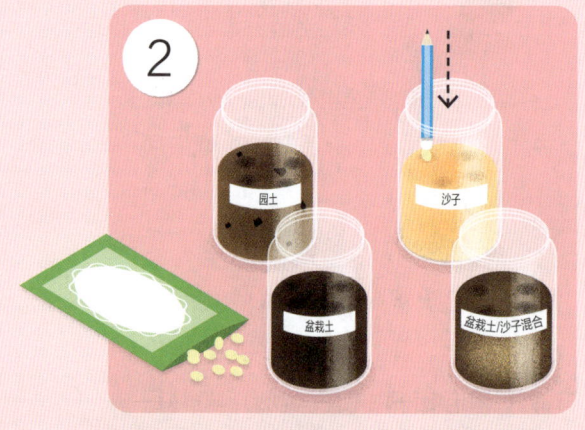

2

在每个罐子里分别种4~5颗种子,可以用铅笔把种子轻轻推入土中。

3

向每个罐子里浇100毫升水。

科学

4 把4个罐子放在阳光充足的窗台上。

5 放置一个星期，记录种子的生长情况，用图画和文字记录实验结果。

6 两周后再次比较生长情况。哪种土壤里的种子长得最快？哪种土壤里的种子长得最慢？

原理

不同土壤的营养水平各有不同。盆栽土是混合而成的，有助于植物茁壮成长。它还能给根部提供足够的生长空间。园土可能会积水严重，或是过于紧实，使根系无法伸展。

有些种子在沙子里也能生长。这些种子里面已经蓄含了养分，所以在种子发芽的过程中，沙子就足够了，但在后期的生长过程中，沙子就不适用了。

063

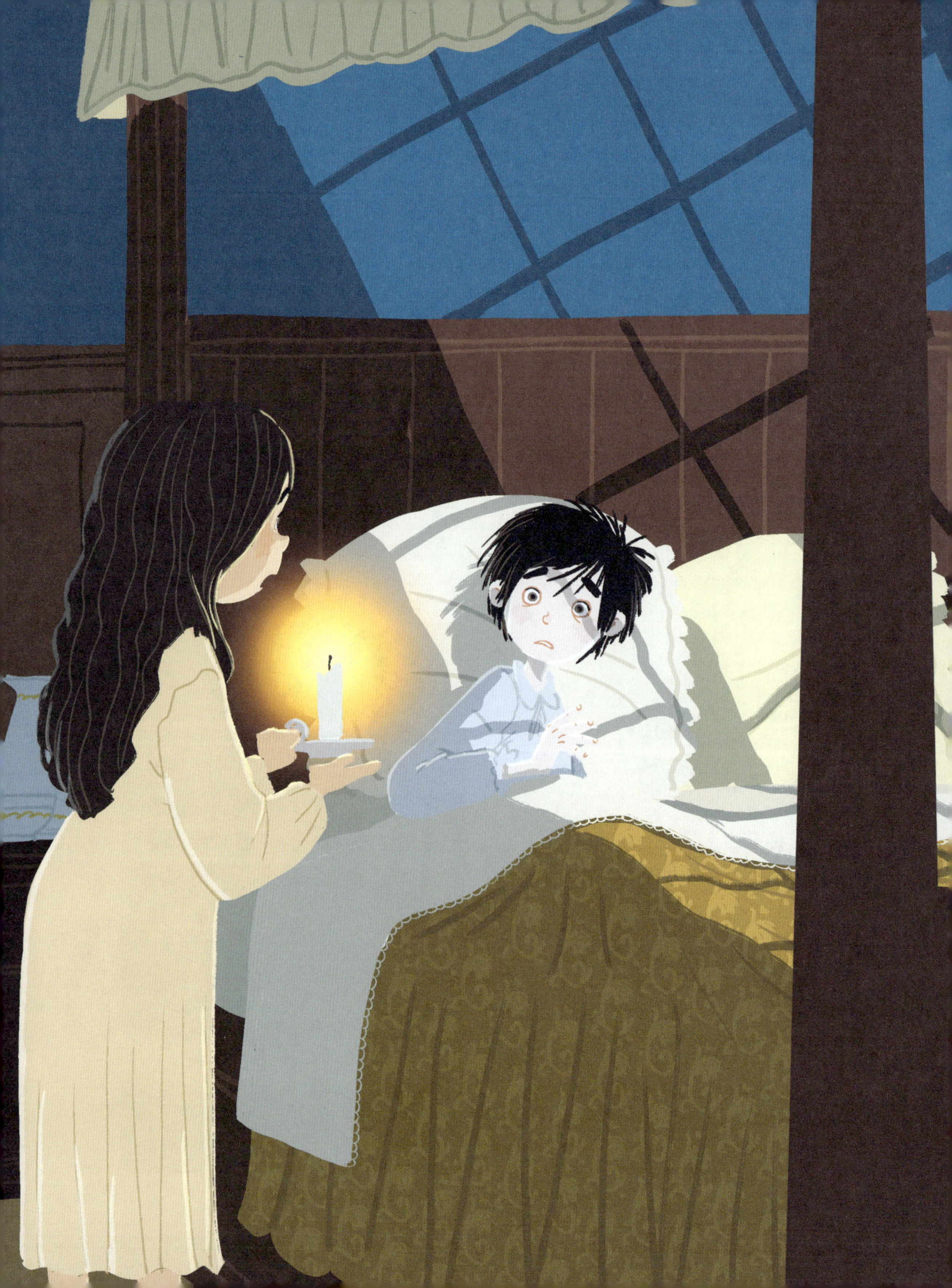

第五章　科林少爷

那天晚上，狂风呼啸，雨水噼里啪啦地打在窗户上，玛丽睡着睡着被吵醒了。突然，有个声音吓了她一跳。"这可不是风的声音，"她心想，"又是那个哭声。"

她拿起蜡烛，悄悄地走到黑漆漆的走廊上，轻轻地推开了挂毯下面的那扇门。前面还有一扇门，依稀可以看到一丝光亮。哭声就是从那个房间里传出来的！

玛丽轻轻地推开了门。炉火正在燃烧，一个男孩躺在四柱床上，焦躁地哭着。他长得很清秀，皮肤是象牙色的，小脸尖瘦尖瘦的，相比之下，眼睛显得很大，几绺乱蓬蓬的头发遮住了前额。他看起来像是生病了，但他的哭声更多出于沮丧和疲惫，而非痛苦。

休息和康复

科林的房间里摆满了古式家具，他在一张四柱床上休息和睡觉。

你能做一张迷你四柱床吗？把书翻到第78页，学学其中的技巧吧。

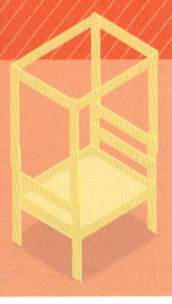

玛丽蹑手蹑脚地走进房间，烛光吸引了男孩的注意。他转过头，盯着她。"你是鬼吗？"他小声地说。

"不是啊，你呢？"玛丽也悄悄地问道。

"我是科林，科林·克雷文。你是谁呀？"

"我是玛丽·伦诺克斯，克雷文先生是我的姑父。"

"他是我父亲。"男孩说。

"你父亲！"玛丽倒吸了一口气，"没有人告诉我他有儿子呀！没人告诉你我来这儿了吗？我睡不着。你为什么哭呢？"

"因为我也睡不着，我的头很疼。他们没敢说，是因为我会害怕你看到我病恹恹的样子。仆人们不准提我的事。如果能活下去，我可能会是个驼背的人，但我活不了多久。我母亲在我出生时就死了，我父亲讨厌看到我。"

"你想让我离开吗？"玛丽问道。

"不，"他说，"坐下来和我说说话吧，我想听你说说你的事。"玛丽坐了下来，给他讲了自己的故事。

"你多大了？"他问。"十岁，"玛丽回答，"你也是十岁吧。""你是怎么知道的？"他问道。

"因为你生下来的时候，花园的门就被锁上了，钥匙被埋了起来，这是十年前的事了。"

"哪个花园的门？"他大声地问。

"克雷文先生讨厌的那个花园。"玛丽紧张地说道，"没有人知道他把钥匙埋在哪儿了，十年来没有人进去过。"

玛丽尽可能小心地回答，但为时已晚。科林问了一个又一个问题："你没有去找花园的门吗？""你没去向园丁打听打听吗？"

"我觉得有人吩咐过他们，不准回答这种问题。"她说。

"我会让他们回答的，"科林说，"所有人都得让我高兴。"

玛丽一直没有意识到自己在印度时被宠坏了，但她可以很清楚地看到，科林觉得整个世界都是他的。

"你为什么觉得自己会死？"玛丽问道。她问这个问题，一是出于好奇，二是为了分散他的注意力，不让他揪着花园的话题问个不停。

"从小到大，别人一直这么说。给我看病的医生是我父亲的

堂弟。如果我和父亲都死了，他就会成为米塞斯韦特庄园的主人。我觉得他应该不希望我活着。咱们说点儿别的吧。我想去看看那个花园，我要让他们把门打开。"

玛丽的小手紧紧地攥在一起。"哦，别这么做！"她大声喊道，"要不然，它就再也不是一个秘密了。如果我们找到了那扇门，进去就把门关上，我们可以把它说成是我们的花园。"玛丽开始向科林描述花园可能是什么样的，以及那里可能住着一只友好的知更鸟。

"你知道的事情可真多呀。"科林说，"一个人要是一直待在房间里，是什么也看不到的。"他沉默了一会儿，又说："你能拉一下壁炉上方那根窗帘绳吗？"

窗帘拉开了，后面挂了一幅画，画上面是一个微笑的少女。她的头发上系着丝带，可爱的眼睛和科林一样，睫毛又长又黑，只不过科林的眼睛里写满了不开心。

"她是我的母亲。"科林抱怨说，"我不明白她为什么要死

知识园地

滑轮

滑轮是一种简单的机械。滑轮由一个或多个轮子及一根绳子组成，可以更容易提升或拉动物体。滑轮使用的轮子越多，提升重物就越容易。

用带有一个轮子的滑轮提升重物时，你可以往下拉绳子。然而，与直接提起重物相比，你仍需要使用同样大小的力，并且绳子移动的距离和物体上升的距离一样。

拉下1米，重物提升1米

如果用带有两个轮子的滑轮来提升同样重量的重物，你就会发现，你只需要用一半的力就可以提升重物。不过，绳子移动的距离会增加一倍。

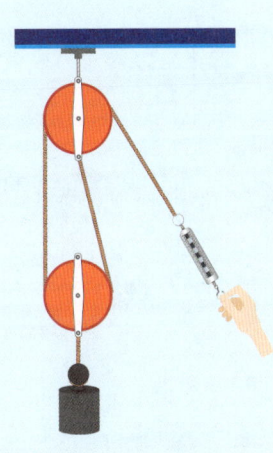

拉下2米，重物提升1米

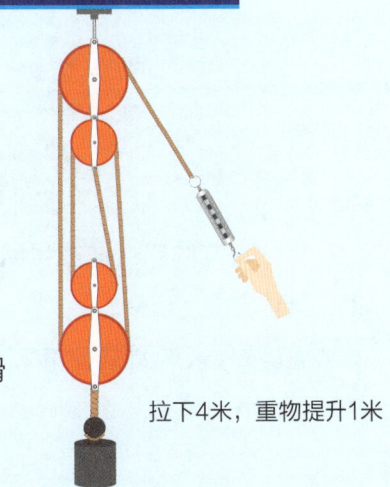

如果是用带有4个轮子的滑轮，那么你只需要用1/4的力，但需要拉4倍的距离。

拉下4米，重物提升1米

去，有时我恨她就这样离我而去。如果她还活着，我相信我不会总生病，我父亲也不会讨厌看到我。把窗帘拉上吧。我痛苦的时候，她却笑得那么灿烂。"

有一会儿他们俩谁都没说话。"如果梅德洛克夫人发现我在这儿，她会怎么做？"玛丽问道。

"她会按我的吩咐做，"他说，"我想让你来看我，我很高兴你来到这儿。"

"我也很高兴，"玛丽说，"我会尽可能常来的。"

"我想你来看我的事情也是一个秘密，"科林说，"在他们发现之前，我是不会告诉他们的。护士出去的时候，玛莎会来照顾我。我会让玛莎告诉你什么时候来。"

玛丽这才明白，说到有人在哭的时候，玛莎的脸上为什么会出现忧虑的神情。

"我已经在这儿待了很长时间了，"玛丽说，"你的眼睛都睁不开了。"

"我希望等我睡了你再离开。"他羞涩地说。

开与关

科林母亲的画像挂在拉绳式窗帘后面。大部分时间，科林会拉上窗帘。

你能做一个拉绳式窗帘来展示自己的照片吗？把书翻到第80页，看看怎么做吧。

"闭上眼睛吧。"玛丽说。她一边哼着歌,一边抚摸他的头,像她的奶妈之前做的那样。科林睡了以后,她才悄悄地离开。

第二天,大雨仍未停歇,户外是去不了了。玛丽让玛莎干完活以后来陪陪自己。"我知道是谁在哭了,"玛丽说,"是科林,我找到了他。"

玛莎用惊愕的目光看着她:"哦!玛丽小姐!你不应该这么做的!你会给我带来麻烦的。我从来没有告诉过你关于他的任何事情。我会丢掉饭碗的!"

"你不会的,"玛丽轻轻地说,"他想让我和他说说话,还要你来通知我什么时候可以去。要是你按他的吩咐去做,你是不会丢掉饭碗的。他得了什么病?"

"没有人说得准,"玛莎说,"他出生的时候,克雷文先生因为夫人的去世仿佛发了疯。他不愿意看到这个孩子。他只是咆哮着说,他会和自己一样,长成驼背,还不如死了好。"

"科林是驼背的吗?"玛丽问,"看起来不像啊。"

"现在还不是,"玛莎说,"但是,他从小身体就不好。他们担心他的后背太弱。他有几次咳嗽得很厉害,差点儿丢了小命。"

"我想知道,到外面去看看植物怎么一点点长出来,会不会对他有好处?"

就在这时,一阵铃声响起。十分钟后,玛莎回来了,满脸疑惑的神情。"他想要见你,记住,可别告诉任何人。"玛莎说。

当玛丽告诉科林玛莎有多担心时,科林命令玛莎到他的房间

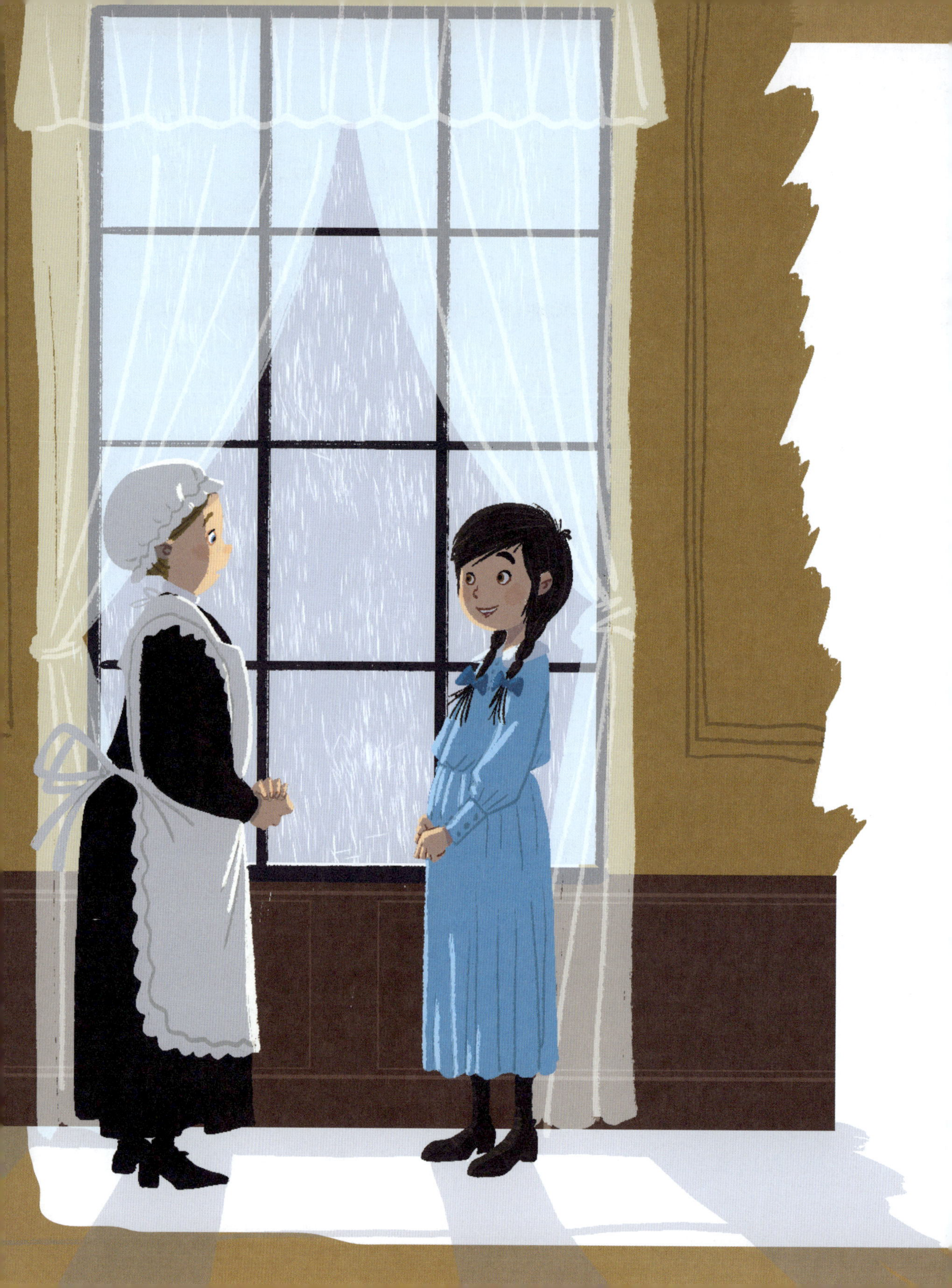

来。"是我命令你把玛丽小姐带到我这里来的,就算梅德洛克夫人发现了,她也不可能赶你走。如果她敢说一个字,我就把她撵走。"

玛莎关门离开后,玛丽狠狠地瞪了科林一眼。"你为什么这样看着我?"他说。

"你刚才对玛莎说话的样子让我想起了印度的一位王公,

所有人都必须听从他的命令。我还在想，你和迪康是多么不同啊。"

"迪康是谁啊？"科林问。

"他是玛莎的弟弟。他和世界上的任何一个人都不一样，他能把狐狸、松鼠和小鸟吸引到身旁。他吹笛子的时候，小动物们会竖耳倾听。我相信迪康会让你好起来的。他从不说死啊，生病啊什么的，而且他笑得那么开心。"

玛丽说迪康和他的家人时，他们俩开怀大笑。"你知道吗，有一件事我们从来没有想过，"他说，"我们是表兄妹啊！"这让他们笑得更厉害了。这时，克雷文医生和梅德洛克夫人走了进来。

"这是谁？"克雷文医生皱着眉头说。

"她是我的表妹，玛丽·伦诺克斯。我让她来和我说话。只要我派人找她，她就必须过来。"

克雷文医生转过身去，似乎要责备梅德洛克夫人。"哦，先生，"她喘着气说，"我不知道怎么会这样。"

"没有人和她说过任何事情，"科林解释说，"她听到了我的哭声，自己找了过来。我很高兴她能来。"

克雷文医生没有待多长时间。他提醒了科林几句，嘱咐他千万不能忘了自己很容易累着。

"这正是我想要忘记的。"科林大喊道，"她让我忘了这件事，所以我才想要她来。"

"现在，"科林转向玛丽说，"再和我说说王公的事吧。"

印度王公

"王公"(Rajah)一词用来指代印度和东南亚部分地区的君主或王子。数百年来,富有的王公控制着印度的部分地区,在富丽堂皇的宫殿中统治着大片土地。

"大王"(Maharaja)一词指代特别重要的统治者,比如国王。不过,很多王公也自称"大王"。王公的妻子被称为"王公夫人"(Rani),而大王的妻子则被称为"王后"(Maharani)。

1858—1947年,印度处在英国的统治之下。在此期间,印度王公仍然保留着一些土地,并间接由英国人管理。1947年印度独立后,他们不再拥有权力,但在自己的统治区域内仍保持着一定的影响力。

动手做一做

制作四柱床

科林大部分时间躺在四柱床上。试着用雪糕棒做一个迷你版的四柱床吧。

准备材料
- 27根雪糕棒
- 剪刀
- 尺子
- 铅笔
- 胶水
- 布料

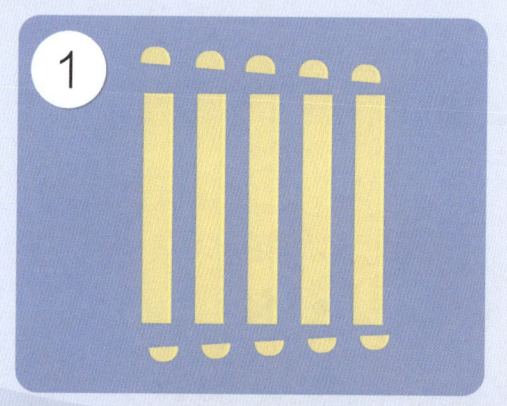

1 如图所示,将5根雪糕棒的两端剪掉,长度要保持一致,边缘要整齐平直。

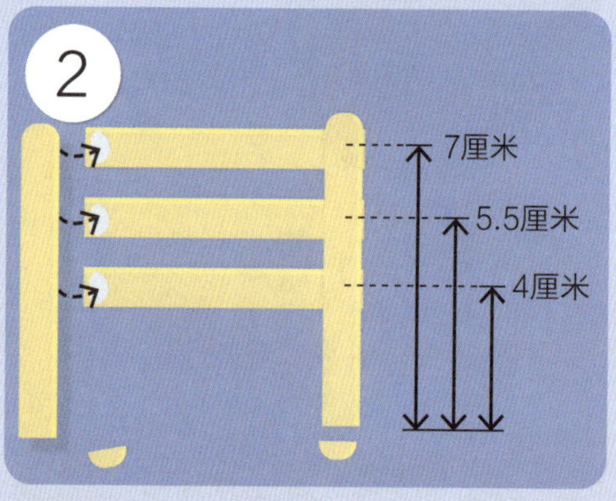

2 再拿两根雪糕棒,剪掉一端,分别量出4厘米、5.5厘米和7厘米,并做好标记。如图所示,拿3根第1步中剪好的小棒粘在这两根雪糕棒上,床头就做好了。

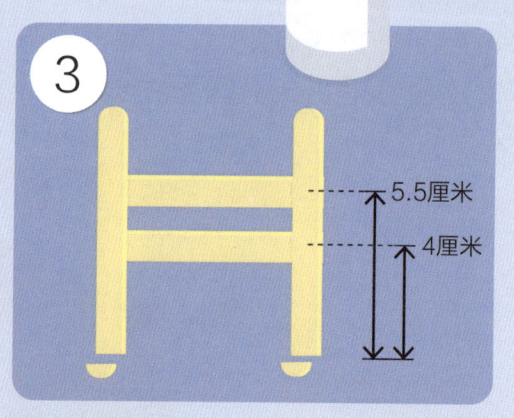

3 再拿两根雪糕棒,剪掉一端,分别量出4厘米和5.5厘米,并做好标记。如图所示,把第1步中剩下的两根小棒粘到这两根雪糕棒上。床尾就做好了。

工程

4

再拿14根雪糕棒，剪掉两端。将其中8根的一端粘到床头底端，然后将另一端粘在床尾上，床板就搭好了。

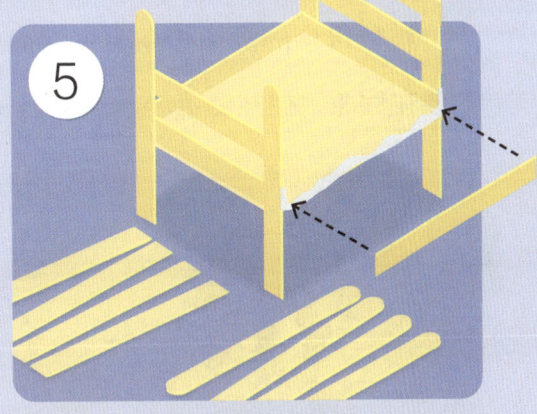

5

如图所示，将两根小棒粘在床板的两侧。现在，你总共还剩下4根这样的小棒，外加4根没有剪过的小棒，留给下一步使用。

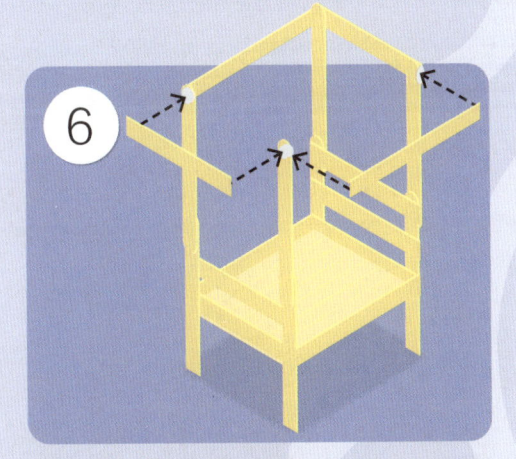

6

如图所示，将4根没有剪过的小棒粘在床头和床尾上，作为床柱。最后，把上一步中剩下的4根小棒粘到床柱的顶端。你可以在上面挂上布料，当作帘子，这样效果就更完美了。

原理

很久以前，富裕的英国家庭一般都有四柱床。当时，漏风的大房子里没有中央供暖系统，人们会在四柱床上挂上厚厚的帘子，把冷气挡在外面。如果有仆人睡在同一个房间里，帘子还能起到保护隐私的作用。

动手做一做

制作拉绳式窗帘

科林母亲的画像挂在窗帘后面。动手做一个这样的窗帘,把你的照片放在后面,拉开窗帘展示一下吧。

准备材料

- 剪刀
- 布料
- 尼龙绳
- 5根长长的大头钉
- 针和线
- 小纸盒(大约30厘米长)
- 你的照片
- 带有铝扣的PVC挂绳(大约20厘米长)
- 计时器
- 胶带
- 记号笔
- 3个塑料线轴

1. 请大人帮你在纸盒的一面剪一个方口,留出5厘米的边,作为相框。在里面贴上一张照片。

2. 剪一块布料,大小与盒子的一面相同,将布料剪成两半。将布料顶端折一下,包住挂绳,用线缝上,确保布料可以沿着挂绳自由移动。

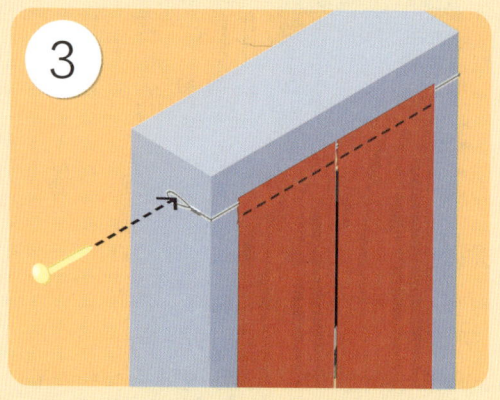

3. 请大人帮你用大头钉把挂绳紧紧地固定在盒子的两侧,使布料遮住相框的前面。

技术

4

如图所示，请大人帮你用大头钉将线轴固定在纸盒上。

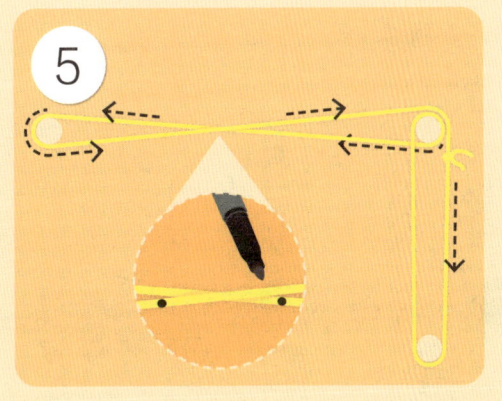

5

将尼龙绳紧紧地绕在线轴上。注意尼龙绳在右上方线轴上的缠绕方式。这个线轴起着滑轮的作用。在图中的位置分别做一个标记。

6

请大人帮你把左边窗帘的边缝到左边的标记处，把右边窗帘的边缝到右边的标记处。拉动垂直的那根绳子，然后再朝相反的方向拉。你会发现什么？用计时器计算完全打开或拉上窗帘需要多长时间。

原理

当你往下拉动垂直的那根绳子时，窗帘会从中间分开，移至两端。如果你朝相反的方向拉，窗帘会再次合上。尼龙绳的效果最好，因为它的摩擦力较小，窗帘的移动会更顺畅。你可以用计时器来计算开合的时间，你还可以在揭幕的时候放上一小段音乐。

079